KB269371

몽땅 비거나, 달라지거나, 말거나

몽땅 비거나, 달라지거나, 말거나
이복자 시집

초판 인쇄 | 2008년 10월 20일
초판 발행 | 2008년 10월 25일

지은이 | 이복자
펴낸이 | 신현운
펴는곳 | 연인M&B
디자인 | 이희정
기 획 | 여인화
등 록 | 2000년 3월 7일 제2-3037호
주 소 | 143-874 서울특별시 광진구 자양동 680-25호(2층)
전 화 | (02)455-3987 팩스 | (02)3437-5975
홈주소 | www.yeoninmb.co.kr
이메일 | yeonin7@hanmail.net

값 7,000원

ISBN 978-89-6253-012-4 03810

몽땅 비거나, 달라지거나, 말거나

이복자 시집

| 自序 |

긴 공백을 깨뜨리며

하늘이 한없이 아름다워 보이는 날입니다.
파란 바탕에 하얀 구름 피워내는 저 가을의 섭리!
창공으로 울울울 내닫는 시심(詩心)이 보입니다.

장마 끝의 가을 하늘은 저렇게 초연하고 좋은데
시편들을 묶으려 하니
또 두렵고 떨리는 것은 역시 부족한 탓일까?
신부의 마음으로 시편들을 쓰다듬고 쓰다듬었습니다.

감추었던 삶의 속내를 들키는 기분은
녹는 빙하에 태초의 알몸을 드러내는 킬리만자로의 부끄러
움이 이럴까,
속살 헤집도록 물고기에게 몸 맡기는 심연(深淵) 같습니다.
그러나 순수의 태동에는 정제된 아름다움이 있기에 햇살을
가리개 삼아 분신 같은 시편들을 감히 또 세상에 내놓습니다.

　몇 년간 동요에 심취하여 살다가 다섯 번째 시집으로 시의 공백을 깹니다.

　동요와 동시집을 합하면 열 번째 탄생되는 이번 시집은 인고의 꽃이랄까,

　근간 요동이 많았던 삶의 정리랄까, 특별한 의미를 부여해 봅니다.

　접하는 어느 누구든 심금을 울리는 한 편이 있었으면 좋겠습니다.

　도움 주신 문효치 선생님, 신현운 선생님 감사합니다.

2008년 9월 초가을
하람 이복자

3. 대나무처럼 아니 들꽃처럼

4. 아버지의 기침

5. 꽃사슴 한 마리

6. 똘똘한 하루는 단 하나도 없었다

1. 하루의 첫 살점

가로등

가슴에 가로등 하나 걸어
앞뜰 환하면 길 더듬지 않을 텐데,
스산하고 어두운 길목
조그만 빛 자락 있으면 방향은 가늠할 수 있는데,
비바람 눈보라에 휘청거려도
희미한 빛줄기, 희망일 수 있는데

절름발이여도
앉은뱅이여도
그나마도 허락 안 돼 갇혀 있는 눈물쟁이라도

심중에
사는 길 밝혀주는 등 하나 있으면
혹독한 인심에 흠씬 두들겨 맞은 상처 있어도
세상사 자꾸 꼬여 짊어진 정의가 버거워도

두려움에 무너지지 않고
심미안(審美眼)으로 따박따박
앞뜰 헤칠 수 있을 텐데, 누가 뭐래도.

고사목의 비망록

—정선 몰운대

아름다웠어
암벽의 세월을 이기고 간 고사목
피부의 허탈, 까맣게
그러나 하늘 아래 보기 좋은 평안으로
고목의 명예는 젖을수록 우러나는 것을
그냥 떠날 수 없어 빵을 풀어 놓고
우비를 입고 서성서성 머무름은
미라가 되어서도 놓지 않은 세월의 끈
절벽 아래 드리워져 있음이야
푸른 이념 품었던 가슴엔
울뚝불뚝 불거진 기개 멋지게 살아 있었어
숭고의 음복을 했지
우뚝 솟은 절벽의 머리를 상석 삼고 둘러앉아
안개 걷혀 드러난 혼의 거룩을
알뜰히 기리고 돌아섰지
고송의 시신 언저리
야생화 한 그루 촛불처럼 있었어.

금강산아 4
―구룡연 계곡을 보며

눈 덮인 설봉산을
눈에 다 넣으려니
눈이 부서 눈물이 나네!
눈에 넣으려다 내 안에 넣고
내려오는 길에 마음 한쪽 남겨 두고 가자니
눈 녹으면 씻길까 두려워 둘 데 없고
눈 덮인 설봉산, 이 모습은 일생에 단 한번일 터
돌아서는 길 툭툭 나뭇가지 눈 털어 내 발 묶으니
기약 없는 절경, 울렁울렁 슬픔에
가슴이 다 젖고 젖어 못이 생기고
꿈에 홀린 듯, 단 한번의 만남으로 사모의 정 고여
구룡연은 이제 내 가슴에 있네
일생 동안 더듬어 볼 내 가슴의
하얀 눈의 남자, 설봉산 구룡연 계곡!

난초

그랬을지도 몰라
전생에 화성의 풀로
우주의 비행을 꿈꾸고 기도하던 끝에
푸른 이념 하나 가지고 수억 년 궤도를 탈출했는데
착지가 바로 외딴 바위섬이었을지

그랬을지도 몰라
우주의 환상적 색깔을 염원하며
수억 년 천연염료의 터널을 통과한 눈물의 종점은
흙도 없이 하늘 깊은 자리, 알몸으로 누워
정갈한 정열로 가슴에 꽃대궁 세울 때
농익은 향기, 섬 섶에 흥건했을 테지

뿌리 낮추고 잎보다 높이
혼신의 우듬지에
펑
펑
꽃으로 쏟아 놓는 우주의 신비는
고고하고 아름다운 사랑의 화신(花神)!

그래, 어쩌면
난의 환생은 바위섬 같은 사나이의 가슴에
푸른 이념으로 곧게 선, 지지 않을 사랑이
때가 되면 도도한 전설로 피어
선명하고도 오래오래 뭇사람들을 사로잡고 있지.

상사화 2

농익은 사랑 뽑아
한 자 한 자 시를 쓴다 한들
심중에 매인 그리움의 올 끝이 없고

임 기다리다 마른 목
애절하게 목청 뽑아 본들
산허리 휘감겨 제 가슴에 메아리 되고

붉은 입술, 요염으로
숱한 남정네 마음 홀리고도 지닌 도도함 속에는
낙엽 밟고 올까, 물소리 타고 올까
임 향한 한 줄기의 순정 있어
천생이 빛나는 여인

쌓은 사랑탑 아름다워
꽃술로 시 읊는 자태 샘나도록 눈부신,
세월 흘러도 항간에 아름다운 꽃으로 피어나
숙연히 우러르게 하는 콧대 높은 기생이여!

소나무 분재

산을 그리던 눈은
하늘에 깊이 빠져 형체도 없고
조로(무老) 환자의 자글자글한 넋 또한
하늘 오르지 못하고 꿈틀대는 용이다
'나는 예술이다!'
칼칼한 목소리 근육을 타고 돌던 절규(絶叫)
울퉁불퉁 굽이굽이 건너온 세월에
나이는 이미 파뿌리인 채
억만 년을 넘을 것 같던
예술의 종점, 채 50cm밖에 안 되는 소나무
목숨에 불을 지피면 남는 재 한줌이나 될까
의지의 자락에 자유의 여신 매달려 운다 해도
뽑으면 달랑 들려 오르는, 결코 무거울 수 없이 작은
소나무!
우람한 천국
산이 그리우면 차라리 스스로 무너질 일이다
예술이 통쾌하게 굴복하리니.

존재의 이유 15
―가을 설악산

하늘 이르도록
치솟을 때는 눈물겹도록 기뻤으리라
흘러 바다에 닿으리라는 욕망으로
신나던 중 굳었으리라. 마그마는

고뇌와 인내
다 타고 남은 재, 산이 되어
손에 잡힐 듯 밤낮 출렁이는 바다를 바라보며
하얗게 되기까지 연모의 정 충천인지라
무너지고 싶은 욕망 있는데
좀 허물어지고 싶은데

요동도 없이 세월 잡고
바람 부딪히고, 눈비 맞고, 낙뢰 견디며
지금껏 기다린 해후를 위해
가슴 열고 무너져 뜨겁고 싶은데

솟을 때 처음처럼 만나
사모하는 여인 가까이, 가까이
'사랑한다'는 말 전하고 싶은데

하늘이 이 인연을
천생연분, 아니 악연이 합하여 이룬 절경이라 극찬하여

해 뜨는 동쪽에 두고 날마다 새 날을 기약하게 하니,
무너지지 못하고 흘리는
세상에서 가장 아름다운 사랑의 피눈물
가을이면 붉게 바다로, 바다로 여울지는 것을.

질투
—한산섬

바다 위에 산이
바위와 나무와 어우러져 그림같이
아니 우아한 여인이 차분히 앉아 있는데,
허벅지 살살 파고들어가
젖가슴 향기도 짜릿하게 맡고
온몸을 다 타고 돌아 나올 때까지의 절경은
치맛자락 끝 발등의 고운 살결로 바다에 이르고,
발 담근 요염에 반해
이순신은 여인을 붙들어 살 섞고
충성을 낳고, 시를 낳고, 삶은 누려
그 이념 나라를 지킨 유서(由緖)로 역사에 푸른데,
어여머리 여인이 품은 제승당을 보면
한산정과 수루를 대나무 숲에 두고
푸른 바다의 정기로 천하를 누릴 남정네를 키울
내조의 정취 지금도 오롯이 지니고 있어,
시샘으로
한산섬, 발 언저리에 반짝이는 물빛 길을 따라
마른 가슴에 우물 한 모금 넘기고, 번창한 팔손이를 뒤로
눌러 앉아 섬이 되어 볼까, 뭍의 인간임에
그녀의 발가락 꾹 밟아 밀치고
배를 타고 떠나왔다

달과 별이 쏟아지는 밤
임과 몸 섞는 그녀의 광기를 그리고 있다.

청포도

하늘이 푸른 신념을 지키는 법과
구름이 비를 잉태하는 법을 배우고
여름 속으로 살포시 내려와
포도밭에서 통통한 눈동자로 자라
하늘 영혼의 총명한 후손임에

잔에 담긴 전설은 감미롭고
그 맑은 눈, 포동포동한 살결을 뚫고
와인을 들어 연인과 마주치는 기분은 청산을 넘어
새콤한,
청(靑)
청(淸)한 해안(解顏)

신념과 정제의 물빛
푸르고 투명하게 고인 작은 하늘 속
흘러들어 촘촘히, 알알이 여문 사랑의 종점
거기 달콤한 눈빛들, 뜨겁게 들끓고 있다.

탈

진정 자신을 끌어안고, 둥쳐 업고
무너질 수 있는 곳은
악의 양지를, 선의 그늘을 마음 놓고 넘다들다
얼쑤, 춤이라도 만나면
덩실덩실 산을 넘고 강을 건너고 끝이 없다, 그 안에서

떼거리의 허무가 오고
뒤따라 몇 조각 희망이 오고 가고
와중에 저기, 억척스러운 사랑
아직도 어둠을 헤치고 강물을 넘고 바람을 타고
와서는 털석 주저앉아 울고 있네. 그 안에서

차마 맨 얼굴로 허물어질 수 없어 고민할 때
못된 놈이라고 생각했던, 아니 현실에 민감한 놈이
뭐 그리 어렵게 사느냐고 핏대 세우고 고하던
명예와 사랑의 정의, 그 안에서

삶은 인두겁의 행진이라는 말, 딱 맞네.

탑

속세의 군살 다 털어내고
공(功)으로 첩첩 몸을 이루어
영혼의 불길 하늘로 열릴 듯
정갈하고 어진 이,
물욕(物慾) 비우고
밤낮 고상한 의식(儀式)으로 살아
겸손을 돌꽃으로 피우는 이,
이쯤이면 절망들 손끝에 놓아
거뜬히 바람으로 탈색시키고
고뇌의 볼기짝에다 매운 손맛 한 대
벌겋게 자국나도록 주고
나동그라지는 모습에 싱긋이 웃는 이,
몇 바퀴 돌아
오로지 그 무엇, 하나에만 귀의하고자 하는 사람
펑펑 눈물 흘리며 속죄의 실타래 감아 놓고 돌아가는 길에
반드시 번뇌 하나 더 던져 놓는 이,
흐트러짐은 하늘 놓는 수치(羞恥)이므로
속세의 그늘 도도하게 양지로 이끄는
차곡차곡 쌓인 인격, 빛이 찬란하고
고고(呱呱)하여 일생을 사모하지 않을 수 없는
위대한 이.

항아리

허다한 세상 중에
학의 비싼 눈물과
솟는 해가 바치는 하루의 첫 살점과
빛나야 할 유서(由緖)와
소홀함 없는 온유와
뿌리 강한 혈육, 이 혼백들이
통곡의 터널을 지나
휘몰아치는 불의 강을 건너 고요히 머문 자리
정제된 몸, 옹기는
모든 죄악 말끔히 걸러져
신기(神奇)의 숨소리만으로 빚어진,
비울수록 값진 소리 울리고
채우면 넘치는
오로지 겸손의 숨결을 고집하여
빛나는 영혼, 그 이상 아무것도 없어
삶의 진리 하늘만큼 고여 회오리치는
깊은 호수.

2. 고지의 끝자락 올라 비로소

2월

떠났던 자리
돌아온다는 소문 꽉 차 있는 거리

부활에 목말라 습기 그리운 달
지평선 막다른 곳에 생명 놓고
어디를 뚫어 빛에 다다를까,
켜켜이 밀집한 고민들, 일제히
꿈틀대는 소리에

내 안에 있는 부활의 씨앗들
겨울과 봄 사이
어디를 뚫어 어둠을 이길까, 고통으로
까칠한 심중 심히 두렵고 떨린다

크고 작은 소망들 고민층에 계속 합류 중.

고들빼기

속이
쓰다

후미진 곳에서도 하늘 믿고
돌밭이라도 양지바르면
세파에 눈 귀 닫고
그을린 피부를 건강이라 여기고 산

농부, 속내 하얗도록
청렴의 긴 뿌리는
세월 깊이 짚어 온 인내의 지팡이,
쓰다, 그러나

일상의 언저리
늘 사모하고 그리워하던 조상의 얼
구릿빛으로 일어나
입에 착착 감겨 오는 진실은

써도, 하루 만에 익어 입맛 돋우는
농경국가라 여기던 고조선 김치, 그날부터
버티어 온 터주의 혼.

꽃

먼 길을
태고에 점지된 사랑을 찾아
그 먼 길을 오로지 인연의 줄 잡고 뜨겁게
무너질 수도 없이 꽃대 속을 통과하며
티 하나 없는 정열로
숭고한 고지의 끝자락에 올라 비로소, 팍 눈뜬 만남
웃음 하르르……
이후 곧 죽어도 좋은

환희의 꼭지점.

넝쿨의 최후

털끝만큼의 주저함도 없이
나무를 타고
갈 수만 있다면 최대한 휘돌아 이른 공간,
쉼 없이 오르고 올랐건만
질기고 고달픈 생명줄의 보행은
고작 일 미터도 안 되는 씨줄 날줄의 치마폭으로
바람에 찢기고 있다
얼마나 아픈 사랑이었던가
푸른 잎으로 치장하며
기다림의 기폭 조금씩 넓어질 때마다
목숨 걸고 새겨둔 날들
허무한 색깔의 벌레 되어 땅속으로 기어드는 겨울,
빈 달력으로 언덕에 누웠다

뼈만 남으면 아래
오글오글한 씨앗들 그의 봄을 노래할 참이다
썰렁한 영혼 아직 머물고.

역

기억력 없는
역은 그 자리에 있고
사람들은 밀려왔다 밀려간다

젊은이의 눈에 모국어는 없고
외국어에 서글픈 중년은 꺾인 삶을 레일에 눕히고 싶은지
주정뱅이나 싱싱한 만남은 남겨 놓고라도
플랫폼은 팽팽한 기억의 숲,
훌쩍

기억은 남은 자의 몫이라 해도
역의 서식 조건은 비우는 것이라고
서슴없이 떠나는 자리, 역에서

기억의 행보들을 채운 열차는 개찰구에 찍힌 흔적조차
노란선 앞에 서면 합집합으로 묶고 미끄러져
아득히 점으로 사라진다

하루가 지워질 때에야
기억의 맥박 숨죽이며 끊어지고
마지막 열차 밤물결 속으로 까마득 침몰하면

또 한 바퀴의 삶 혈관을 통과한다
심장의 서식 조건을 잠시 위배하여
떠나가지 않을 듯 쿵쾅대는 상처, 하루 중 죽을 맞이었어도
심실을 떠나 한 점으로 가는 중이다.

열매

일생에 한번
후회 없이 꽃피운 사랑이라면
스러지는 순간에도
꼭 흔적으로 남기고 싶은,
둘이 이루어 눈물겹게 내밀어 놓은
고귀한

사랑의 살점.

지우개가 남기는 오늘

봄은 겨울을 파랗게 지우고
가을은 여름을 단풍으로 지운다
겨울이 가을을 지운 한 해 위에는
유난히 크고 선명한 것들만 오늘을 맴돈다

세월은 과거를 맷돌 삼아 오늘을 남긴다

지운 것은 선이든 악이든
대부분 추억으로 맴돌다 사라지지만
선명한 것들은 그 가치를
아름다움과 추함으로 구별해 놓는다

알게 모르게 저지른 악과
남에게 박은 못을 빼고, 그리고
지우며 산다면 적어도 추함은 면하련만
큰 죄는 뿌리 깊은 꼬리표가 되는 것을

아이는 낙서를 지우고
어른은 부끄러운 삶을 지운다
누구든 지우고 남긴 만큼의 그릇으로
오늘의 아이와 어른으로 산다.

지하철

군청선이 생기고
초록선이 생기고
주황선이 생기고
파랑선이 생기고
보라선이 생기고
황토선이 생기고
갈록선이 생기고
분홍선이 생기고
노랑선이 생기고
하늘선이 생기고
색깔 생기는 것만큼 나의 노선이 생기고

어쩌다 지상노선을 이용하면
어설프고 복잡하고 막히고, 시간 지키기 어렵고

30여 년 만에 지상 왕십리를 가
그때 내가 살던 곳, 혹시나 하고 찻집 찾는데,
통 낯설어 다시 지하철 안으로 들어가
3번 출구를 찾는데

거미줄에 걸린 나비였다.

진주

바람 스치고, 손 시리던 날
속세의 고달픔이 몹시 어설퍼
투명한 하늘 아득한 곳을 향하여
푸른 걸음 따박따박 걷다가

눈 꼭 감고 내려앉은 바다, 죽음의 바닥에
각질 다 벗겨진 삶의 씨알로
한번 품으면 뱉지 않는 조개를 만나
잉태된 어둠의 자식

개안(開眼)의 축복처럼 그의 환생은
맑은 알몸의 영혼,
수정체가 토해내는 빛이 인간에 기생하는 것을

맞아! 어느 절길 찻집의 보살 눈에
소유하고 싶은 그 빛이 있었어.

천태산

―영동 양산 영국사 오르는 길

나무는
비를 온몸으로 정제하여 푸른 구슬로

물줄기 잦은걸음 아래로, 아래로
속물스런 마음을 경계하는 소리,
비우고 이른 곳은 삼단 폭포, 경지에 이른 물
혼 사르는 춤사위로

몇 백 년을 산 후
가지 구부려 땅에 묻고 다시 틔운 싹
뼈에 뼈 생기고 살에 살 돋아
절 앞에서나 버틸 기이한 몸체,
업으로 친친 감긴 은행나무도 신이고

옛 임금의 체취 씻지 못해
가물가물한 과거 되새기다 보물 되어
깁고 기운 세월의 옷 입고, 탑을 지팡이 삼고
껄껄 웃음 한바탕 쏟을 듯 바위산 자락에 앉은
절

산은
같은 듯, 다 다른 심령 때문에 찾아드는 곳

천태산도 이끼와 검버섯 덕지덕지
친숙한 분장으로 가파르게, 순수를 더욱 주장하여
수많은 사람들을 심령의 계곡으로 몰아
신비의 유서를 온몸으로 연출하고 있다.

철로 위의 나방

레일 위에
나방 한 마리가 간다

2분 지나면 열차 들어오는데
정말 죽고 싶은지
입 처박고 곱씹는 사연은 무엇인지
일 초를 천 년처럼 굼실굼실
간다

열차가 다가오자 딱 멈춰서더니
깔리기 직전 아래로
뚝!

참, 기구의 끄나풀 질긴 사람!

활화산

가끔
이념이 상서롭지 못하게
심장의 산맥을 뚫고 치솟을 때가 있다

머리끝으로 치솟은 불기둥
목덜미쯤에서 재로 흘러 내려
젖무덤을 지나 가랑이 사이로 흘러
삶의 사지(四肢) 축 처질 때가 있다
검은 연기에 싸여 빛이라곤 없는 뇌의 중심에
곧 중태에 돌입할 것 같은 두통 일어
몹시 고통스러운 때가 있다
곡절로 얼룩진 계곡에 긴 그림자 드리워
식은 하루가
싸늘하게 전신을 덮을 때가 있다

이성의 살갗 까맣게 그을도록, 그러나
목숨을 위협하는 그 살인은 늘 미수,
두 손 불끈 쥔 정열의 목에 걸려
검은 연기 사이로 붉게 빛나는 이념의 불기둥
다시 솟는, 그 장엄을 보노라면
뜨거운 눈물이 주르르 흐른다

활동 중이다
칸나는 정열로 불기둥 같은 꽃을 피운다.

3. 대나무처럼 아니 들꽃처럼

가을밤

달빛이 쏟아진다
노랗게 익은 사랑의 볼은
다리 위에도 불룩, 풀밭 위에도 불룩
부끄러움 잊었다
적막의 틈새로 풀벌레 소리 기어 나와
허공을 찔러대는 입침, 귀가 따갑다
이렇게 저렇게 가을이 자지러지는 밤,
갈대숲 서걱거리는 호들갑에
고요도 다 죽고

불쑥, 마음속에 있던 사람
중천에 올라 애타게 날 찾고 있다.

대나무처럼 아니 들꽃처럼

이젠 대나무처럼 살 일이다
하고 다짐을 하건만
정렬 한 줄기 푸덕푸덕 날개 펴는 날이 있다
가슴 어디 살아 있는 청춘 같아
뭘 원하느냐고 물어 보면
피식, 손등 검버섯에 코웃음 준다. 그래서
이젠 대나무처럼 살 일이다
하고 또 다짐을 하건만
세상이 눈부시다고 생각한 날
무슨 옷을 입어도 우아하고
화장하지 않아도 괜찮아 보이고
글이라도 쓰고 살면 고상할 줄 믿어, 그래
수수한 차림으로 나가면 어디 아프냐고 물으니
이젠 대나무처럼 살 일이다
하고 또다시 다짐을 하건만
곱게 늙으면 중후하리라 믿었던 인품
돌아서면 잊어버리는 행실로 이미 잔금 늘고
거기에다 마음은 젊게 살리라 했던 오만으로
대나무 앞에 쪽도 못 쓰는 형편이고
열심이었던, 건강했던 내 청춘에 오히려 누(累)가 되니
심중의 태풍, 한바탕 쓸데없는 열풍 회오리로 일 때면
이젠 대나무처럼 살 일이다
하고 세웠던 자존심 조용히 허무는 순간이다
낮추어, 낮추어 작고 수수한 들꽃으로나……．

마지막 밤의 촛불

깊은 우물 밑
묵은 응어리 밀어 올리고 터지는 샘물처럼
출 출 운다
고인 눈물 밟고 서서
고고하게 꽃으로 우는 울음은
뒤돌아 힘들었던 날들 중에
잊자 비우자 다짐하며 내던져도 그 자리에 박혀
불쑥불쑥 아프게 하는 것들 있어,
아니 인생사 별것 아닌데
깐죽깐죽 못처럼 가슴에 박혀
상처인 듯 원수인 듯 밟히는 사람들
아니 나를 꾸짖어 '용서하게 하소서'
뿌리까지 태울 수야 있을까만
소복 입고 어둠 밝히는 살풀이는
쌓인 미움 꽃무리로 살라, 살라
곧추세운 기도의 끝에
어디로 어떻게 어떤 모양으로 열릴지 모르는
그러나 새해의 축복을 간절히 원하여 피우는 꽃
고난을 지주로 부여잡고
성숙으로 거듭나는 마지막 밤의 침묵은 깊기만 한데
눈물 속으로 열리는 용서와 화해의 길은 밝아, 밝아
아름다운 소망이다.

막을 수 없는 사막

눈 감으면
초원 한가운데 그림 같은 집을 나설 때는
더없이 화사한 안방마님으로
우아한 자태로 꽃향기를 맡거나
머리카락 날리며 파란 하늘 우러러 흰 구름을 쫓거나
행복한 미소로 명상에 잠기거나 더러 책을 읽거나,
이 모든 꿈을 이루었다 해도

눈앞에 보이는 것은
썰렁해진 그 집에
무슨 옷을 입어도 어색한 마님이
희끗희끗 머리에 주름진 얼굴로
젊어지려다 되레 무릎 힘들어 굼뜬 걸음으로
가까이 꽃도 감상할 수 없는 침침한 황사에
낙타 한 마리 있어야 생을 건널 듯

눈 감으면
빠른 속도로 오는 사막에
오아시스라도 몇 만들어 두었던가,
서서히 지워지는 발자국, 없어질 날이 가깝다.

살얼음

살얼음이 얼었다
수양버들 제 모습 비추고 키들키들 웃던
작은 웅덩이가 살짝 얼었다
지난밤 꿈 한 모금 마시러 왔던 낙엽들
매서운 바람에 넋 놓아주고 붙들려
심장 끌어안고 오들오들
공포의 눈으로 보아, 이젠 죽었다
어째 입시 추위 없더라 했더니
부정행위 뉴스 온 하늘 헤집고
흐리고, 비 내리고, 눈 오고, 드디어
수험생들 마음 얼었다
통 바람 불어 닥친 불경기 골목
노점상 아줌마도 얼었다
살기 힘든 사람들의 입김이 여기저기 하얗다
겉과 속이 애매하여 깨고 보면
수양버들 여전히 제 모습 비추고 키들키들 웃는
그러나 묘하게도 피부 얼근하게 하는
살얼음이 얼음보다 무섭다.

소망

가끔 생명 없이도
무던히 빛나는 것들이 부럽다
도자기이고 싶고 꽃병이고도 싶다
너무 비싼 것도 싫고, 보기 좋고 아담하면 좋겠다
구차하지 않게 창조되어 수수해도 영혼은 값지고 빛나
소중히 바라보며 한번쯤 곁에 두고 싶어도 좋겠다

가끔 가진 것 없이도
무던히 살아가는 것들이 부럽다
나무이고 싶기도 하고 바위이고도 싶다
돈 모으는 일, 체면 유지하는 일
특히 시간에 쫓기며 사는 일에서 해방되면 좋겠다
눈 감고 귀 닫고 입 닫고 넘치면 흘려보낼 줄 알아
어눌해도 속은 깊다고 한번쯤 우러러 주어도 좋겠다

한껏 어울린다는 생각으로 하얀 옷을 입고 있다
문득 의자를 벗어나 흙벽에 기댔으면 좋겠다
삶이 자꾸 야위고 있다.

시계

세월의 흐름을 알리는 것은 시계가 아니라
해와 달이 아니라
세상 모든 만물의 얼굴이다
교회 앞의 달뿌리풀은
1년의 시간이 은혜로운지 하얗게 웃고 있다
시계는 돌아가신 아버지께 커다랗게 있었고
아흔한 살 어머니 시계는 멈출까 봐 걱정이고
나의 시계는 이제 눈 밑과 목 밑 주름이다
살금살금 붓질하듯 세월의 길목에서
만물을 다스리는 시계는
일순간을 재깍재깍, 외면을 노래하는 것이 아니다
무한히 피고 지는 만물을
고스란히 세월 위에 놓인 삶의 모습이게 하는,
존재의 존엄을 알리되
이지러진 삶과 반듯한 삶을 엄중히 선별하여
얼굴마다, 이름에 값을 매기며 그려내는
정성스러운 붓질 소리이다.

열대야

12시, 건너편 512동
층마다 며칠째 잠 설친 불빛
충혈되어 이젠 초점도 잃었다
밤은 턱에 찬 더위를 아무데나 푸! 푸!
끈적끈적 달라붙는 입김에 기분 나쁜 어느 걸음
통통 잠 굴리며 1층 엘리베이터를 나서나 보다
눈부시게 오늘을 이고 한 바퀴 돌아온 가로등
막 엘리베이터에서 내린 잠을 막고
주차장행 비보호 이정표를 이마에 바짝 대주건만
말똥말똥 직진 신호에 고집을 부리던 잠
성큼 내일로 내리서더니 10층 내 침대의 잡념을 휘어잡고
현재 시각 01시 05분 주행을 시작한다
눈도 아파오고 짜증도 나고 피곤한데
숨어 있던 사랑도 일어나 콕콕 같이 가자 보챈다
멈춰지지 않는 주행, 일어났다 누웠다
달구어질 대로 달구어진 여름밤의 고독,
U턴 지점을 비몽사몽 계속 지나치고 있다.

춤, 청계천 살풀이

강물은 흐르고
바람은 세월 속에서 청계천을 꺼내 놓고

원혼의 살이 풀리면
이토록 찬란한가, 몇 십만 인파
불꽃으로 한밤을 사르는 서울의 가슴에

장삼을 입어야 할 고궁박물관의 영혼도
알몸으로 경복궁을 나와
현란한 살풀이 굿판 앞에 잠시
이내 광교 위에서 한 꺼내 풀어 놓고 바라보는

물줄기는 흐르는데
강물 위에 터 잡았던 헌 책방과 만물상 원귀들
조명 속에서 애환을 추억으로 바꾸는 숭고한 몸짓은
처절하게 옹벽을 머리 받아 낭자하는 허무를
찬찬히 훑어, 불쑥불쑥 빌딩 숲으로 던져 올리는

단군 이래 가장 비싼 굿판으로
살맞은 역사에 돋은 새 살은
세상을 흔들며 어둠을 헤집고 터진 화려한 꽃,
저 크나큰 춤사위 뒤로
할아비와 아비와 손잡은 아이의 길 위에
아름다운 피부 되어 꽃답게

억만 년을 청계천은 흐르고
위에 바람 불고
강물이 흐르고…….

크리스마스 이브의 강

아기 예수의 울음 받아낼
강보 펼치는 손놀림 물 위에 분주하고
물 아래는 골고다에 이르러야 멈출 듯
십자가를 짊어진 모래자갈 행렬이 이어진
한강이다

모든 것은 경건하고
양평길 조명 하나 둘
어스름 속 강 너울에 빠져 반짝이기 시작이다

어둠이 탄다
물질하던 철새들을 사르고
건너 산도 사르고
어스름 홀렁 벗어버린 까만 몸,
맨살에 빛줄기 박히는 소리 활활
밤새 현란한 춤으로 있어야 할 불기둥도 준비 완료하고
맞이할 울음 어디로 올지 기다릴 일만 남았다

바라보는 사람들 안에 강이 흐르고
소용돌이 속에 거꾸러질 듯 나약한 믿음들도
구원의 행렬을 벗어났다 끼어들었다,
방금 전해들은 죽음의 영혼도

그 밖의 사람들도 흥분하여 예수의 탄생을 기리는

이브의 강은 찬란하다
창밖 소나무가 뚫어지게 안을 들여다보고 있다.

하늘 쓰나미

매리 소리 뚝 그치고
천둥 번개 우르르 꽝꽝, 장마려니 했더니
태평양 서해 거쳐 오던 파도 대관령 암초에 걸려
강원도 영서지방을 초토화시켰다
영동고속도로 변, 나무 우거진 산자락마다
동맥 터져 콸콸 흘러내리는 계곡 마을에
백발노인은 병든 아내, 내가 손놓아 물이 쓸어 갔다고
잃은 터전보다 아내 체온 묻은 손이 더 야속한데,
찢기고 널브러진 살점, 상처마다 가득 고인 것은
토사 자갈 쓰레기 무더기인 줄 알았더니 피보다 진한 것들 천
지다
주인 잃은 신발도 있구나. 조상님의 관도 있구나. 상여도 있
구나
물 폭탄 퍼붓는 일이야, 장마 때라 해도
전쟁보다 더한 물 쓰나미는 바다 가운데나 있을 일,
며칠 휘돌아 충청도 경기도까지 물바다를 만들면
물은 물이 아니고 물 가까이 산 사람들 속 까맣게 태우는 불
인 것을,
산에 살아 말조차 풀같이 순하고 어눌한
계곡에 살아 원망도 산수(山水)같이 투명한
작은 집마다 파릇파릇 인정꽃 가꾸며 드나들던 오솔길을

하늘 파도 쓰나미, 산과 들을 폭격했다
하늘아, 하늘아, 너는

비 그치면 폐허의 동맥들을 아무렇게나 꿰맬 테지?
해가 나면 전설 속으로
마을이 몽땅 비거나, 달라지거나, 말거나.

어떤 인생

낙엽이 건널목을 건넌다
겨울비 내리는 이른 새벽
이제 막 아침 기운 파랗게 맴도는 신작로를
낙엽 하나가 뒤뚱뒤뚱 건넌다
제 무리들은 가을 끝에 아름답게 생을 마감하고
퇴비로 재로 명예의 뒷손질이 한창인데,
헤매다 지치고 우산도 없이 젖은 몸으로
질긴 목숨 영원히 잠들기 위한 마지막 행차는
치매처럼 시 때도 까무룩한가 보다
뒤뚱뒤뚱 가다가 데굴데굴, 멈췄다
바람이 도와줘야 하는데
더 이상 움직이지 못하고 섰다
신호등이 바뀌자 그 자리에 파랗게 질린다
바삭 부서질 인생, 차 한 대는 피했다
그러나…….

4. 아버지의 기침

감자

나는 감자다
감자를 많이 먹고 자란 '감자바우' 다
나를 닮은 색깔, 흙길 따라 산을 오를 때
산수유가 피었으면 내가 싹을 틔울 때구나,
진달래꽃을 보면 히히 웃고
찔레꽃을 보면 어머니를 닮았구나,
칡덩굴 마구 얽히면 또 여름이구나,
하며 삶과 세월을 가늠한다

나는 감자다
떡갈나무 잎 속 잘 익은 거름은
구수한 살 냄새, 물씬 풍기는 산을 오를 때면
소나무가 좋고, 바위도 좋고……
옹돌몽돌 이랑을 나와 탐스럽게 널린 감자 중 하나,
못 생겨도 팍삭하고 달콤하고 수수하니, 풋풋한 감자는
뼈 굵어진 감자밭을 늘 그리워하여
산을 오르면 고향에 젖는다

강원도 감자를 사람들은 둥글둥글하다 한다
순하고 맘 좋은 사람 축에 끼워주어 좋다고 치고
서울 산 지 수십 년 넘어도 티를 못 벗고

오늘도 마침
고향 하늘로 날아가는 까치를 만나 대관령을 넘어
툇마루에 앉아 입때 감자밭 끝자락을 잡고 있는
아흔둘 어머니에게 가는 나는 감자.

개미 2

1.
개미들이 간다
서두르지 않는 듯, 바쁘게 간다
행여 가문에 누가 될까
종가의 체면을 더듬으며 간다
불붙기 직전 볼록렌즈의 초점 같은 몸으로
검붉은 점들이 잘록잘록 여름 길을 간다
작아도 그 근면의 값은 고액으로 매길 수 없듯
한결같이, 흩어짐 없이
족적(足跡)도 없이 열심히 행보한다
가끔 뒤돌아서던 놈까지
짐스럽도록 희망을 산더미로 지고
어쩌면 먹이 가득할 집을 향해 간다.

2.
맨 앞에 그림자 없는 아버지가 가고
가운데 착한 것들 졸망졸망
그중 장난기 많은 큰오빠도 알겠고
얌전한 큰언니도 금방 알겠다
먼저 간 내 동생일 듯한 놈이
다리를 절며 어머니 앞으로 끼어든다. 그래, 그림자가 없다
울먹울먹 어머니는 그 자식 볼 만지며 간다
더러 낯선 놈이 툭 툭, 기어이 끼어들고

줄행랑을 치는 놈은 성(姓)을 바꿀 것인가?
세월을 뚫으며 고단하거나 즐겁거나
이름 석 자 족보에 적(跡)을 남기기 위해
험난한 세월의 길을 가고, 간다.

동해의 특별한 4월 5일

청명, 한식이 겹친 식목일에
대관령은 눈꽃이 하얗다
멀리 바다 바라보며
눈부시게 영원을 꿈꾸고 있다

속살 삐죽삐죽 트는 봄꽃
따뜻한 해안 도로에는 산수유가 노랗다

눈꽃과 봄꽃 만남이
4월이어서 더욱 장관인 날
죽음과 삶, 이 찬란한 교차를 보려고
긴 겨울 무던히 참아낸 새 한 마리
깨어나 가슴 뚫고 나온다

동해는
눈꽃, 산수유를
알프스보다 아름답게 꾸며 놓고
훨
훨
푸른 꿈의 날개를 주어 하늘 오르게 한다

어머니처럼
눈꽃에 미련 두지 말고
특별히, 향기 있는 꽃가지에 앉기를 안내한다.

밤바다
―남해 상주 해수욕장에서

해변을 걷는다
여인의 촉촉한 속살을 밟는다
누더기 같은 일상을 훌훌 벗어던지고
분주했던 하루가 조용히 침상에 드는 시간에
감미로운 숨결 속을 걷는다
길게 누운 어머니의 등허리쯤에서
아이의 웃음을 알아챈 어머니가
가만가만 발목 잡고 안내하는 길, 본태(本態)의 느낌을 디디며
탱탱하고 보드라운 속살을 따라
들어선 곳은 평화로운 어머니의 자궁
젖내가 너무 좋아 혼자 웃고 울던 곳에 여정을 푼다
그곳은 파도타고 마냥 놀다가
어머니의 따듯한 손길 닿으면 까르르 웃던 곳
자장가만 있으면 해맑게 웃다가 사르르 잠들던 곳
별빛 쏟아지는 해변을 찰방찰방 태동의 걸음으로
금산 보리암 아래, 엄마의 치마폭 속에서 논다,
오로지 맑은 영혼으로.

부부

초등학교 동창 전화가 왔다
홀딱 벗고 살던 코흘리개가 되어 웃는데

"지금도 좋아하는 거 아니야?"
한 뼘 남은 이순에
이런 질투가 살아 있어
사랑하며 산다.

분수

하늘을 하얗게 수놓는
빛을 만나 무지개라도 피면
아름다운 물꽃이라 말하는 그런,
물안개를 구천 삼아 헤매다
스스로 허물어지는 짧은 생을
수혼(水魂)의 처절한 몸부림이라 말하는 그런,
그런 평범을 보이는 것이 아니다
구름을 깊이 담고, 소리에 여물고
시간을 부릴 줄 알아
구차한 발자국 없이 그림자조차 지우고
솟고 스러지는 것이 삶의 전부라 해도
놀랍게도 감히 겁(劫)을 말하는 그런,
하얗게 솟는 춤사위로
영혼의 냉기 콸콸 뿜으며 한 많은 사랑 승천하는
간담 써늘한 무녀(巫女)의 살풀이, 뭇사람 가슴 후비는 그런,
진정 사랑탑의 건설은
시공(時空)을 향한 미완성의 몸부림으로
전설일 수밖에 없는,
영롱한 물꽃으로 피고, 깨끗이 자리 지우고 내려
뜨겁지 않으면 결코 그 설움 빛날 수 없는,
홍건한 사랑 냄새, 그런 아름다운 사랑의 연가.

아버지의 기침

우리 아버지는 평생 기침을 하셨다
그 기침은 대쪽 같은 말씀이었다
삽짝에 이르면 반드시 하시는 기침, 우리는 발딱 일어나
맞이하고, 툇마루에 오르시면
신발도 다음 나가실 대비로 반듯하게 돌려놓아야 했다
보시기에 어긋나면 머리 위로 기침 소리 들렸다
다른 것은 별 구속 없어도
밥버릇, 말버릇, 인사나 예절에 관한 한
뒷짐 진 아버지의 기침은 곧 교육이었다
한번도 맞아 본 적 없이, 아버지의 기침 소리에
정의, 정도가 아닌 것은 함부로 못했다
반듯하게 자란 편인 내 삶의 중심에는
지엄한 아버지의 인기척, 기침이 있었다.

아흔둘 어머니의 핸드백

고희가 넘어서야 종가의 살림 며느리에게 넘겨주고
어머니는 조그만 가방에다 소꿉 살림을 차리셨다
참빗 얼레빗과 손톱깎이, 가위와 칼, 돋보기안경과 지갑
틀니 닦을 칫솔과 새 양말 한 켤레, 그리고 자식 사랑
아버지가 남겨주신 통장으로 한 5년 두둑하더니
그것도 짐이라고 아들 시켜 통장 깨고 다시 가재는 도구뿐이다
그 가방 하나 들고 작은 아들네, 딸네 가서는
오늘 죽어도 한이 없고, 안 죽어져서 걱정이라고
내 장례비는 큰아들에게 주었노라고
하시면서도 손에 가방은 꼭 들려 있었다
막내아들 하늘나라로 보내고는
네가 먼저 갔냐고, 왜 어미 두고 네가 먼저 갔냐고
가방 팽개쳐 두고 식음을 전폐하시더니 눕는 일이 잦다
살림 놓으실까, 가늘고 마른 손에 안타까운 다섯 아들딸에게
명절에 참빗 꺼내 곱게 머리 빗고
두 손 뒤로 돌려 거뜬히 비녀 꽂고
겉과 속이 반질반질한, 고집스레 헌 가방에서 세뱃돈 준비하는,
이야기 발동 걸리면 90년 사(史)를 꾸릴 듯
당신 과거와 6남매의 성장기를 끊임없이 엮어내는
일곱 살 아이 같은 어머니!
머리카락 손질한 참빗 넣어드리려고 연 가방에서
닦아야 할 또 하나의 사랑이 툭, 튀어 나왔다
아흔둘 정갈함에 눈이 마취되어 버렸다.

암소

텃밭머리 소나무 그늘에서
남산만한 배를 하고도 벌떡 일어나
밧줄 풀기 무섭게 제가 먼저 풀 먹으러 가자했다

풀 한 번 뜯고 새끼 한 번 핥고
혹 수놈이면 젖 물릴 때마다 가슴 치받는 아픔은
달려드는 쇠파리에게나 돌리며 꼬리 툭툭, 참아냈다
새끼만 있으면 음머~, 행복해 했다

소장사 아저씨가 새끼 몰아가고는
동이만한 눈에 눈물 고여 식음을 전폐하고
큰 덩치 서성서성 하얀 거품 물고 목메어 울던

억장 다 무너지고도 순해
차마 고삐 끊지 못하고 주저앉아
껌뻑껌뻑 새기고 되새기면 그리움이 탯줄로 닿을 듯
모정의 끈 길게도 쏟아내던 어미!

1년에 한 마리씩 쑥 쑥,
다섯 마리 낳고 여섯 마리 낳고
오빠 대학 졸업시키고 내 대학 첫 등록금 넣고, …… 갔다
한 식구로 살아서, 다시 만나면
넓적한 등 양팔로 쓰다듬어 엉엉 울어주고 싶은

그 어미!

인사동에서 추억을 샀더니

인사동에서 추억을 세일한단다
떡살이 있고, 쇳대도 있고, 인두도 있다
저울과 저울추를 샀다
문득 아버지의 손때가 여기저기,
봉담배 꼭꼭 눌러 화롯불로 피우시던 담뱃대도 샀다
나의 추억 다섯 알 주판도 샀다
그랬더니 우리 아버지, 내 가슴에 안기셔서
몇 번 못 타 보신 전철을 타셔서는
추억 봉지 안은 나를 유년으로 안내하신다
자리틀에 달린 고드랫돌로 산수를,
일력(日曆)장에 커다란 글씨로 국어를,
순수를, 자연을, 지혜와 사랑을……
댓돌에 올라서시는 인기척이면
얼른 나가 고무신 가지런히 돌려놓곤 하던 내가
아버지와 함께 집에 와 추억들을 진열장에 놓았다
울컥 아버지의 체온을 느껴 보고 싶은데
눈물 앞엔 아버지가 없다
울렁울렁 가슴 메이는 슬픔, 아버지가 없다
하늘나라에 가 달라는 대로 다 주고
아흔둘 우리 아버지, 아버지를 사오고 싶은 날이다.

전쟁

1.
비둘기가 빌딩숲에 집을 지었다
건물 철거 현장에서 가져온 철사와 못을 얽고
뾰족한 부분들 모두 바깥으로 빼느라
입이 망치가 되었다
터럭 없는 집에 낳은 알은
지금 시위 중인 어미의 가슴이 평화라고 믿고 있다
품어도, 품어도 차가운 가슴살!
그러나 알 속 목숨은 붙어 있다.

2.
아파트를 샀다
삶의 꿈을 키울, 볕 잘 드는 남향집이다
206동 1004호, 천사집이다
깨끗하게 수리된 집을 현가격에 샀으니 이미 돈벌었다
전철 개통을 앞두고 있다
더 오른다고 야단이다
복 많은 천사, 투기꾼이 되었다.

3.
첩첩산중, 군대들이 있는 곳은
나라 지키는 의무 말고도
날마다 무슨 사나운 일이 있는지
졸병이 고참을 여럿 쏴 죽이는 평화의 추구가 있었다

미국의 이라크 초토화보다 더 살벌한 아픔이다
죽은 사람이나 죽인 사람이나 귀한 아들
누가 피해자인지…….

4.
눈만 뜨면 추구하던 평화는
삶의 줄기 뻗어가는 곳마다 폭발이다
오늘도 비둘기 입은 망치다.

허수아비

팔을 벌렸다
휑하니 오는 바람에 겸허를 잉태하면
더 이상 마른 가슴, 누더기 가슴이 아니다
나락이야 새들이 앉고 먹고 날아가도
굳이 입으로 말하지 않아도
경계하는 놈이 있고 생뚱맞게 어깨에 오르는 놈도 있어
허상(虛像)의 진가야 밝혀지든 말든
먹고 살기 어려운 때에야
지키는 일은, 죽기 아니면 살기로 한 치의 오차도 없었다

그래, 자신을 닮은 허상을 만들어
이 땅에 직립과 무언과 위장의 역사로 예술로
자리매김하기까지 먹고 살기 위해 공존해 온 나락 지킴이,
애환 자국들 허공에 남아 있어
가을 한철 인간은 또 그 혈통을 기리고, 세운다

풍년든 가평 들판에 많이도 섰다
새야 오든
적게 먹어 쌀이야 남아돌든
농부의 심정이야 까맣게 타들어가든
옆으로 창이 까만 외제 차가 지나가든
지킴이, 그 옛날에서 진화하여 화려란 허깨비는

오만이 꽉 찬 저 가슴, 뭘 지키고 있나?

5. 꽃사슴 한 마리

가을 정취

단풍이 좋아 산에 오른다
산이 온몸 살라 피운 단풍 터널을
신부 마음으로 오른다
이맘때면 나무의 삶을 본받아 살라는
지엄한 가을 손을 잡고,
화촉 밝히는 날 떨리고 설레는 첫걸음
압도하는 분위기에 하객 살필 겨를 없던 때처럼
결혼행진곡 리듬으로 낙엽을 밟는다
축복의 단상 앞에
마냥 웃음으로 서 있던 그대,
일생을 맡길 단 하나, 사랑에 이끌려
한 걸음 한 걸음 다가가던 순간처럼
낙엽 소리 밟으며 걷는다
활활 타는 조명 속으로 뻗은 길은
아름답고 황홀하고 정열이고……
신비로움의 절정을 마냥 걸어
풍성한 단풍 세례로 영롱해진 영혼과 함께
이제껏 익혀온 그리움과 외로움 모두 일어나
참사랑을 향해 발그레 속살 드러낸
가을
신부,
단풍이 좋은 산에 오른다.

사랑은 10

하얀 물안개 타고 오는
꽃사슴 한 마리
중후한 모습으로 출렁이는 바다를 건너
눈만 뜨면 날마다
쓰러질 듯 가슴에 무너진다
어쩌면 지난밤도 날밤을 샜을,
슬픈 눈이기도 하고
또 어떤 날은 원망의 눈빛이기도 하고
그러다가도 혼자서는 못 살겠다고
익숙하게 안겨드는,
그래, 아파도 내칠 수 없는
순정의 꽃사슴 한 마리를 위해
오늘도 가슴 쓸어내린다.

사랑은 11

우리, 몸은 멀리 있어도
마음은 항상 함께임을 믿기에
가정과 직장에 충실한 나를
자랑으로 생각한다 했지요?
그런데 나도 참 아름답다고 생각했던 사랑이
아침 찬바람 자락에 싸늘함을 느꼈습니다
오늘처럼 기온 뚝 떨어진 날은
하루 종일 가슴에 찬 기운 고입니다
붉은 단풍 앞에서 그만 눈시울 시렸습니다
당신의 무관심 하나하나가
단풍만큼이나 선명해서는, 가슴에 차곡차곡 쌓입니다
믿음이 지나쳐 무관심이 되면 인내는 한이 됩니다
우리 사랑, 당신의 자랑처럼 소중하기에
이 가을, 따뜻한 관심 하나 필요합니다.

사랑 13

해가 쬐는 날은 새소리도 부리가 되고
안개 많은 날은 창백해져 마음 가누기 힘들고
하루 종일 비가 내리는 날은 눈물이 말라
가슴이 아립니다

그리움이라는 처방전만으로는 도저히 나을 수 없습니다
그리울수록 단단해지는 사랑 줄기는
가시보다 독하게 방긋방긋, 붉은 꽃송이 피우는
악성입니다

날마다
적당히 젖어 있지 않으면 도지는
사랑병을 고칠 사람은

오직 당신뿐입니다.

사랑 14

당신에게 눈물을 보였습니다
당신이 나더러 사랑은 손해 보는 거라 했기에
혼자 눈물 삼키기를 얼마나 했는지
속 아린 지 오래 되었는데,
나를 두고 가기 싫다는 당신의 눈에 고인 눈물을 보고야
눈물은 보이는 거라는 걸 알았습니다
당신의 눈 속에서 나는 커다란 아내였습니다
그래, 아스러지게 안을 때는
당신도 손해 보고 있다는 사실을 알았습니다
손해 보는 사랑이 좋아서
우리는 눈물을 흘리고 말았습니다
눈물 속에서 보는, 눈물 고인 당신이 좋아서
사랑은 아름다웠습니다
눈물 속에서도 우리는 하나였으니까요.

사랑 15

책상 위에 물이 쏟아졌다
쏜살같이 흘러 유리 밑에 깔려 있는 부직포로 빨려든다
해일이 일고 거대한 태풍에 휩싸이고
한바탕 고통 지나간 자리에 남은 감정
소르르 눈감고 무너진다
섞이는 아픔, 얼마나 뜨거울까
화려한 만남의 길을 따라
선명하게 남은 물무늬가 아름답다.

사랑 17

아무리 성이 나도
즐거워도 슬퍼도

넓은 곳에서도
좁고 낮은 곳에서도

거기 있는,
불쑥 마그마 뿜어
불기둥으로 사랑을 고백하고는 여태 무심한
멸(滅)하기 전 꼭 한번 다시 느껴 보고 싶은
그의 심장을 향하여

날이 가고 달이 가도
고불고불 치닫는 사랑마루
그곳을 향하여 부서져야만 하는 가슴앓이
숨이 턱에 찰 때마다
연모(戀慕)의 넋 모래밭에 내려놓건만

그리움으로 영롱하게 되돌아와 안기는 아픔이 쌓여
늘 냉(冷)한 가슴, 그러나 그 안의 숭고한 사랑
차르르
차르르

영원히 뭍을 향한다, 파도는.

사랑 19

피아노 소리로 왔어
건반을 튀어나와 온몸으로 기어드는
음표들의 산란이었어
때론 감미로운 전율로
때론 하염없는 눈물로
태산을 넘어
꽃이 피고 진 녹음 전의 5월
연둣빛 설렘으로 골짜기를 장식하는
산란의 기쁨은 벅찼지, 벅찼어
그랜드피아노의 건반이 모자랐지
음표들을 한 아름, 한 아름 안을 때면
눈 감고 진저리를 쳐야 했으니까
공명은 살을 뚫고 피를 타고
영혼을 다 장식하고야 끝나는 분량이었어
더 이상 어수룩할 수 없었어
내 안이 한없이 아름다웠으니까.

사슴

바위에도 오르고
너른 벌판도 내닫고, 풀도 뜯습니다
감정이라곤 사랑밖에 몰라
좁은 가슴은 늘 뜨겁고
태운 자국은 얼룩얼룩 등에 새기며 삽니다
풀을 뜯다가도
사랑이 팽팽하게 부풀어 오를 때면
떨리고 설레어 목을 길게 빼 봅니다
가능하면 귀공자의 자태 흩트리지 않으려 하지만
순한 눈에 고인 그리움 뚝 뚝
흘릴 때도 있습니다
쓰라림이 고통스러워 사랑이 증오라 여겨질 때는
쓸개 없어도 살리라는 각오로 꺼내 하늘에 홀 불어도 보지만
보이는 건 역시 사랑뿐입니다, 더욱 아름다운
벌판을 내닫고 풀을 뜯다가도
가끔 멍청해지는 것은
귀티나는 사랑, 가슴앓이 때문입니다

슬픈 사슴이라 하지 마세요
고귀한 병을 앓고 있을 뿐입니다.

연

날아 볼거나
올라 볼거나

내 눈에 그대 보이면
그리움의 막 거둘 수 있을거나

바람아 쌩쌩 불어라, 그냥 좋은 사랑
얼레야 심줄 풀어라, 마냥 깊은 사랑

마음껏 불러 볼거나
보고 싶다, 펑펑 울어 볼거나

높이 올라 줄 끊어져도
'그 사랑 아름답다' 칭송 한마디 있다면

눈 감을 수 있는 사랑 위해
영원히 혼 하나이고 싶은 사랑을 위해

날아 볼거나
올라 볼거나.

눈꽃 사랑

눈이 옵니다
하늘 못에 고인 그리움
하염없이 펑펑, 소리 없이 아름답게
꽃으로 쏟아집니다

무엇에 반했을까, 뜻밖의 사람이
조용히 다가와 사랑을 고백하던 날
강물은 거꾸로 흐르고
항변할 수 없는 깐깐한 사랑이었기에
부끄럽게도 내가 여자임을 처음 알았습니다
그래, 한번도 싫은 소리를 못했습니다
눈꽃처럼 아름다웠습니다

눈이 펑펑 옵니다
그리움 우거진 길
마음은 날 밝기를 기다려 그곳을 밟고
문득 고요하면 눈앞에 그 사람이 오고
안절부절 허둥대다 보면 그 사람은 없는,
그러나 기다림이 마냥 행복한
눈꽃 같은 사랑, 있었습니다

외로움이 가득 서린 날
영화처럼 억수로 쏟아지는 그리움, 눈발 앞에 서면
선비의 지독한 사랑은

부끄럽게도 나를 아직 그의 여자라 말합니다
하늘 가득 꽃 피워 놓고
나직나직 그날처럼 내게 다가오며…….

첫눈이 내린다

눈이 내린다

그이가 내게 처음 다가왔을 때
그해 겨울, 눈부시고 설레었던
첫눈처럼 내린다

사랑이라는 것이
눈꽃 핀 때처럼 아름답게 빛날 줄만 알아
가슴 터질 것 같던 그해 겨울,
영롱한 은세계, 첫눈을 그이 같이 사랑했다

눈 내리는 하늘을 향해
두 팔 벌려 고해도 주체할 수 없이
뜨거웠던 사랑은 아직도 눈부시다

두고두고 아까운 사랑은
해마다, 겨울마다 눈부시다

하얀 눈발 사이
그이는 나를 향해 여전히 손짓하고,
지금 허공이어서 시린 눈 앞에
슬프도록 눈부신 사랑이 내린다

그이의 빈 자리 채우듯
어여쁘게 눕는다.

6. 똘똘한 하루는 단 하나도 없었다

나이

천마산을 훌쩍 넘어
내가 지금 사는 곳 도농동으로
한 달음에 달려와 안기는

이런 하루,
지천명 중반까지 지난 하루들 어마어마한데
똘똘한 하루는 단 하나도 없는

고스란히 나이로 남아
세월 빠르다는 말로 가볍게 여기는 동안
켜켜이 누적되어 앙금으로 나를 초라하게 만드는,
부담스러워 때론 좀 늦추고 싶어도
어김없이 건네받는 하루

살아 있어 쳐다보게 되는
무책임을 시위하듯 지나간 하루들
빼곡히 매달려 삐죽삐죽, 못난 주인을 향해 눈 흘기는

12월 20일이
나이 살을 비집고 주름으로 앉는 저녁이다.

눈물

오래 살던 집에서는
사람이 죽거나 다치거나
춥거나 꽃이 시들어도
눈물이었다
혼인이 있거나
무지개를 만나거나
들어서면 선뜻 반기는 사람 없어도
눈물이었다
사랑이 있어 글을 쏟거나
태풍이 불거나
존재의 은혜를 느낄 때에도
마냥 눈물이었다
자존심이 든든한 집은
가시를 밟고도 아름다운 눈물이었다
자존심이 흔들리던 날
펑펑 쏟았어도 그 눈물에
오래 살던 집이 무너졌다.

두 번 죽는 똥

따뜻한 밥이었다
싱싱한 채소였다
맛있는 고기였다

쓸모 있고 깨끗한 것은 다 먹은 이에게 주고
죽어
구린 찌꺼기로 세상에 나왔다

말똥 소똥 개똥 사람똥
나무숲 채소밭 풀밭, 식물 있는 곳 어디든

놓여지면
그 생명 싱싱하도록 온몸 바쳐 밀어 올리고
다시 죽어
스스로 영혼 흙에 묻는다

그래, 똥 잘 누는 사람 얼굴도 곱고
똥 먹은 식물은 꽃도 좋다.

말

2월 새벽 두 시에 태어났다
어머니의 따뜻한 혓바닥을 느끼며 일어나
곧장 새벽 걸음을 배웠다
풀 냄새는 아직 땅속에 있고
말라 깔끄러운 풀잎을 씹으며
스스로 허기 채우다 단단하고 작은 체구로
내닫는 법 터득하여, 역마살이 끼었다
가끔 어머니와 고향이 그리워 걸음 멈추고
먼 하늘 꺽꺽 목울음 울기는 해도
타지를 떠돌며 살아야 하는,
더욱이 백말은
살다가도 문득 내 집이 내 집이 아닌 듯
냉이 한 뿌리도 거기, 텃밭의 것이 아닌 듯 생소하여
세파를 타고 또 떠나 정착한 여기
이만큼 떠나 있어
더 늦기 전에 돌아오라는 어머니와 고향을 향해
뵈러 가겠노라고, 좌불안석의 외침 끝에 멀거니 서면
뿌연 그리움 사이로 문득 다가서는 어머니
절이나 받으소서!

오늘도 떠날 궁리다
서울로 갈까, 대전으로 갈까, 제주로 갈까.

물소리 크게 틀어 놓고
―춘천 서면 자연휴양림 집다리골

첩첩산중 집다리골은
물소리 크게 틀어 놓고
해가 오가는 것도 외면하고

밤마다 이슬 만나는 젊음으로
싱싱한 정기 토해 놓고 새를 품어, 꽃을 품어

산장에 온 시인들
발가벗은 영혼 밤새도록 뒤엉켜
혼숙의 씨앗 무수히 잉태한 아침
이슬 자욱한 산 숲으로 낭만의 이랑 타고
순산할 자리 찾듯, 물소리 거슬러 올라

웃는 풀잎 하나에도 눈길 주고
우직한 바위 가슴 찔러도 보고
꽃과 나무 사모하듯 이름을 섬기는,

시인들 아침부터 오늘을 외면하게 해 놓고
혼숙의 씨앗 가득 찬 가슴으로
큰 물소리 속을 마냥 취해 거닐 때, 저는
물소리 위로 푹 푹
해 앞에 스무 살의 푸른 피부 드러내 놓고
거들먹거리는 모습, 참 천연덕스러웠다.

미시령이 쓰러지고 나는

구름은 미시령을 한없이 사랑하고 있었다
눈덮힌 미시령이 마지막으로 볼 비비고
빨간 햇살이 뽀얀 살을 헤집고 생명 불어넣을 무렵
꼭대기 선 내 그림자 구름 속으로 빨려 들어가고
신이 아닌 나, 그림자 없이 하늘 위에 있었다.

새벽

우주의 영혼
금방 깨어 시린 눈으로
푸른 빛의 날개 커다랗게 펴
등 구부러진 어둠을 밟고
훠이, 내려앉는 순간

지구의 육신
사경(四更)이 넘도록 지킨 순결로
미명(未明)의 창 훌쩍 뚫고 내달아
둘이 만난 지평선엔
하얀 안개 만발하였네

고운 살결로 팔짱 끼고
사뿐사뿐 혼례 치른 후 낳아
하루의 머리맡에 곱게 내밀어 놓은
앳된 오늘.

아흔한 살 어머니와 딸 1

어머니가 아침마다 혈압약을 드십니다
물 떠다 드리는 딸의 손에도 똑같은 혈압약이 있습니다.

아흔한 살 어머니와 딸 2

막내딸이 '아—' 입 벌리면
빙긋 웃으시며 먹을 것 쏙 넣어주시던 어머니가
그렇게 받아먹고 계십니다
나도 어머니처럼 빙긋 웃었습니다.

아흔한 살 어머니와 딸 3

옷을 사서 입혔습니다
눈부시게 예쁜 아흔한 살 어머니!

어머니가 그 옛날 옷을 입혀 주실 때
나는 좋아서
팔짝
팔짝 뛰었는데

좋아하시다 말고
'얼마나 입고 죽겠느냐' 는 말씀에
그만 눈물이 자꾸 흐릅니다.

아흔한 살 어머니와 딸 4

어머니가 머리를 감으시겠답니다

어릴 적 나를 이렇게 감기셨으리라 생각하며
조심조심 목욕도 시켜드렸습니다

찌찌도 만졌는데
비녀 꼽는 어머니 머리는 손질을 못해 드리고
구경만 했습니다

똑바른 가리마와 단단한 머리 뭉치!
내가 해 드리는 건 마음에 안 드신다니
그냥 구경만 했습니다.

아흔한 살 어머니와 딸 5

나란히 소파에 앉았습니다
엄지발가락 옆에 튀어나온 뼈가 똑 닮았습니다
구두를 오래 신으면 아픕니다

"그런 건 아버지 닮지 그랬니?"

의왕의 한려수도
―거제도 폐왕성지

하늘에 닿았을
고려 의왕의 숨소리로
헉
헉
올라서

성을 딛고 보니
말이 3년이지, 험산준령에서
정중부의 칼을 피해
숨죽인 울음과 한
돌 틈에 빼곡하다 해도

산마루에 올라
한눈에 꽉 들어차는 바다,
섬
섬
섬……

천하의 명승 한려수도는
절망의 돌 쌓던 그를
확, 속 풀게 하여
눈만 뜨면 보호했으리니,
의왕은 죽었어도 심장은 여기 쿵쿵 뛰고 있다.

시인과 함께 가는 새로운 세계

문효치
(시인 · 국제펜클럽 한국본부 이사장)

　사람이 삶을 살아가는 방법은 모두 다르다. 백 사람이 있다면 백 가지의 삶의 방법이, 천 사람이 있다면 천 가지의 삶의 방법이 있을 것이다. 시인이 시를 찾아가는 길 또한 다르다. 시라고 하는 매우 소중하고 의미 있는 목적지를 찾아 다다르는 방법은 모두 시인 자신만의 독특한 길찾기일 것이다.
　이복자 시인은 시력 십여 년에 수백 편의 시를 발표한 중견시인으로 또한 그 나름의 시를 찾아가는 길찾기의 방법이 있을 터이다. 그의 길찾기는 어떤 것일까.

가슴에 가로등 하나 걸어
앞뜰 환하면 길 더듬지 않을 텐데,
스산하고 어두운 길목
조그만 빛 자락 있으면 방향은 가늠할 수 있는데,
비바람 눈보라에 휘청거려도
희미한 빛줄기, 희망일 수 있는데

절름발이여도
앉은뱅이여도
그나마도 허락 안 돼 갇혀 있는 눈물쟁이라도

심중에
사는 길 밝혀주는 등 하나 있으면
혹독한 인심에 흠씬 두들겨 맞은 상처 있어도
세상사 자꾸 꼬여 짊어진 정의가 버거워도

두려움에 무너지지 않고
심미안(審美眼)으로 따박따박
앞뜰 헤칠 수 있을 텐데, 누가 뭐래도.
　　―〈가로등〉 전문

그는 가슴에 가로등을 걸기를 희망하고 있다. 이 가로등은 이복자 시인의 갈 길을 밝혀주는 길잡이이다. 아무리 어려운 난관이나 한 치도 내다볼 수 없는 칠흑 같은 암흑이거나 또는 까다로운 조건과 혹, 무력함에 시달린다 해도 이 가로등만 있다면 그는 갈 길을 찾을 수 있다고 믿는다.

사람이 일생을 사는 동안 수많은 고초와 험난한 고비를 겪는 게 보통이다. 때로는 암초처럼 예측할 수 없는 장애와 위험이 닥치기도 하고 때로는 높은 산처럼 앞길을 가로막는 장벽에 부딪히기도 한다. 이럴 때마다 절망하고 좌절하기도 하지만 혼신의 노력으로 이를 극복하고 안정과 평화를 찾기도 한다.

이복자 시인의 시 쓰기는 어쩌면 이러한 삶의 과정과 흡사한지도 모른다. 때로는 '스산하고 어두운 길목'에서 헤매기도 하고 '혹독한 인심에 흠씬 두들겨 맞'기도 하면서 끝내 이를 극복하고 시의 열매를 거두기를 강력히 희망하고 있다.

아무리 시인의 앞길을 위협하고 방해한다 해도 그 '두려움에 무너지지 않고 심미안으로 따박따박 앞뜰헤쳐' 나갈 것을 희망하고 있다. 이복자의 시는 이러한 희망의 결과물인 것이다.

그러면 이복자의 길을 열어주고 인도해 주는 가로등은 구체적으로 시의 열매를 위해 어떻게 빛을 발하고 있을까.

아름다웠어
암벽의 세월을 이기고 간 고사목
피부의 허탈, 까맣게
그러나 하늘 아래 보기 좋은 평안으로
고목의 명예는 젖을수록 우러나는 것을
그냥 떠날 수 없어 빵을 풀어 놓고
우비를 입고 서성서성 머무름은
미라가 되어서도 놓지 않은 세월의 끈
절벽 아래 드리워져 있음이야
푸른 이념 품었던 가슴엔
울뚝불뚝 불거진 기개 멋지게 살아 있었어
숭고의 음복을 했지
우뚝 솟은 절벽의 머리를 상석 삼고 둘러앉아
안개 걷혀 드러난 혼의 거룩을
알뜰히 기리고 돌아섰지
고송의 시신 언저리
야생화 한 그루 촛불처럼 있었어.
　─〈고사목의 비망록〉 전문

그의 가로등은 일단 현상계의 길을 비추고 있다. 그가 인사동, 몰운대, 금강산, 한산섬, 설악산, 천태산, 상주 해수욕장 등을 순력할 때 가로등은 우선 지리상의 길을 밝히고 있다. 이를테면 금강산의 아름다운 풍광이나 한산섬에서 이순신의 역사적 이야기를 언급한 것이 그 예라 할 것이다. 그러나 그 '가로등'이 시각적 물리적 현상에만 머문다면 큰 의미가 없을 것이다.

위의 시의 제재는 '고사목'이다. 고사목이란 물론 오랜 세월 생존하다가 늙어서 죽어버린 나무를 말한다. 고사목의 형체는 그 나름대로 아름다움을 가지고 있다. 그러나 이복자는 고사목의 외형적 아름다움에만 눈길을 보내고 있는 것은 아니다. '미라가 되어서도 놓지 않은 세월의 끈'을 보면서 그 '혼의 거룩'을 만나고 있는 것이다. 그의 시적 가로등은 이렇듯 물리적 현상이 아닌 사물의 내면을 깊숙이 비치고 있는 것이다.

해변을 걷는다
여인의 촉촉한 속살을 밟는다
누더기 같은 일상을 훌훌 벗어던지고
분주했던 하루가 조용히 침상에 드는 시간에
감미로운 숨결 속을 걷는다
길게 누운 어머니의 등허리쯤에서
아이의 웃음을 알아챈 어머니가
가만가만 발목 잡고 안내하는 길, 본태(本態)의 느낌을 디디며
탱탱하고 보드라운 속살을 따라
들어선 곳은 평화로운 어머니의 자궁
―〈밤바다〉 1~10행

위의 시에서 보면 이복자의 기행시가 여행지의 외형적 아름다움이나 현장의 정보를 전달하는데 관심을 갖기보다는 그곳의 내면에 간직된 비의를 캐는데 얼마나 성실하게 임하고 있는가를 알 수 있다.

그의 몸이 간 곳은 상주 해수욕장이다. 그러나 정작 그가 본 것은 '여인의 촉촉한 속살', '감미로운 숨결'이며 '아이의 웃음을 알아챈 어머니'의 '등허리'이며 '자궁'이다.

남쪽 한반도 끝의 먼 바다 상주 해수욕장의 푸른 물, 드넓은 수평선, 난대 수림 우거진 섬의 풍광 등 시각적으로 보이는 사물들에 대해서도 할 말은 많았을 것이다. 그러나 이복자의 시적 가로등은 그러한 일차적 형상을 지나 그 너머에 있는 사물의 '본태'를 비치고 있는 것이다. 이때 사물의 '본태'는 시인의 삶의 체험과 문학적 상상력과 개성적 시각에 의해서 그 형상이 완성되어 드러나게 마련인데 그것이 앞에 말한 '여인의 속살'이요 '감미로운 숨결'이며 '어머니의 자궁'인 것이다.

시인은 이렇듯 해수욕장을 해수욕장으로만 놓아두지 않는다. 따라서 그의 시에서 물결 소리 들리고 울긋불긋한 수영복 차림의 싱싱한 젊은이들이 물놀이하는 해수욕장을 만나려 한다면 독자들은 실망할 것이다. 보다 더 내밀한 비밀의 공간으로 찾아들어 생명의 근원에 접근하려는 독자들만이 이 시에서 위안을 얻게 될 것이다.

이복자의 시적 가로등이 비쳐주는 세계는 분명 새로운 모습으로 태어난다. 일상에 물리고 지쳐 있을 때 우리는 이복자의 시집 속에서 새로운 세계를 만날 수 있다. 이 세상의 모든 사물은 저마다 무궁무진한 의미와 가치를 내장하고 있다. 하지만 우리는 다만 그 겉에 드러난 모습만을 보고 그것을 인식할 뿐이다. 그러나 시인의 예민한 촉수는 그 속에 숨어 있는 또 다른 의미를 캐어낼 수 있다. 따라서 훌륭한 시인일수록 고감도의 촉수를 가지고 있는 것이다.

무릇 시인이란 사물의 내면에 깊이 숨겨져 일반인이 도저히 보지 못하는 특별한 모습을 밝혀내 독자들에게 제공하는 자인 것이다.

　　허다한 세상 중에
　　학의 비싼 눈물과
　　솟는 해가 바치는 하루의 첫 살점과
　　빛나야 할 유서(由緖)와
　　소홀함 없는 온유와
　　뿌리 강한 혈육, 이 혼백들이
　　통곡의 터널을 지나
　　휘몰아치는 불의 강을 건너 고요히 머문 자리
　　정제된 몸, 옹기는
　　모든 죄악 말끔히 걸러져
　　신기(神奇)의 숨소리만으로 빚어진,
　　비울수록 값진 소리 울리고
　　채우면 넘치는
　　오로지 겸손의 숨결을 고집하여
　　빛나는 영혼, 그 이상 아무것도 없어
　　삶의 진리 하늘만큼 고여 회오리치는
　　깊은 호수.
　　―〈항아리〉 전문

　일반인의 눈에 다만 하나의 용기로 보일 뿐인 항아리가 시인의 예민한 촉수에 걸려 그 내밀한 모습을 드러내고 있다. 어쩌면 신비로운 비밀이요 또는 영성이 묻어나는 생명일 수도 있다.
　'학의 눈물', '해가 비치는 하루의 첫 살점', '빛나는 유서', '온유', '혈육의 영혼', '불의 강을 건너 머문 자리' 등이 이복자가 본 항아리인데 이는 우리가 실용적 사용물로만 생각했던 항아리와는 전혀 다른 항아리의 모습이다.

시인은 마술적 힘으로 항아리를 영적 경지로 이동시키고 있는데 이것은 바로 이복자의 가로등의 인도에 따른 것이리라. 그의 인도를 따라가서 우리가 만날 수 있는 것은 결국 '삶의 진리 하늘만큼 고여 회오리치는 깊은 호수' 인 것이다.

시인의 전경험 전인간의 자양에서 우러나오는 정서와 상상의 힘이 직관을 통해 발견해 내는 세계가 곧 시라 할 수 있는데 이렇게 만들어진 세계가 우리를 얼마나 경이롭게 하고 감동케 하는 것인지를 알 수 있다.

피아노 소리로 왔어
건반을 튀어나와 온몸으로 기어드는
음표들의 산란이었어
때론 감미로운 전율로
때론 하염없는 눈물로
태산을 넘어
꽃이 피고 진 녹음 전의 5월
연둣빛 설렘으로 골짜기를 장식하는
산란의 기쁨은 벅찼지, 벅찼어
그랜드피아노의 건반이 모자랐지
음표들을 한 아름, 한 아름 안을 때면
눈 감고 진저리를 쳐야 했으니까
공명은 살을 뚫고 피를 타고
영혼을 다 장식하고야 끝나는 분량이었어
더 이상 어수룩할 수 없었어
내 안이 한없이 아름다웠으니까.
—〈사랑 19〉 전문

사랑은 정서요 관념이다. 분명히 존재하지만 그 형체는 보이지 않는다. 정서나 관념이라고 했지만 그것도 매우 유동적이고 가변적이다. 뿐만 아니라 사람에 따라 모두 다르게 느껴지고 다르게 규정지어진다. 어쩌면 정체불명의 것, 아무리 궁리해도 미지수의 것일 수 있다. 오죽하면 옛시조에도 '사랑이 그 어떻더냐 둥글더냐 모나더냐 길더냐 짧더냐 발로 밟아 재겠더냐…'고 한하지 않았던가.

그러나 이복자는 이 난제를 해결하고 있다. 그는 사랑을 분명히 '피아노 소리' 라고 규정하고 있다. 이어서 그것은 피아노라고 하는 악기의 '산란' 이라고 하고 있다. 그러니까 사랑은 피아노의 아름다운 알이라는 말이 된다. 그리고 이 알들은 때로는 '감미로움' 으로 때로는 '눈물로' 세상(골짜기)을 장식하고 드디어는 영혼을 장식한다고 하고 있다.

세상과 영혼을 장식하는 알, 물론 이 알은 조류나 어류가 산란하는 생물학적 알과는 완전히 다른 시인의 창조물이다. '그랜드피아노의 건반이 모자' 랄 만큼 무수히 쏟아지는 악기의 알인데, 독자들은 사랑이라고 하는 매우 막연한 관념에서 신비의 알이라고 하는 구체적 체험을 하게 되는 것이다.

이복자의 시집을 읽어가다 보면 그의 매우 예민한 감각적 촉수로 사물의 새로운 생명을 찾아내는 국면과 자주 조우하게 된다. 이것은 달리 말하면 애초에 없는 생명을 만들어 주는 일이라고도 할 수 있을 만큼 찾기 힘든 작업이다. 뛰어난 상상력과 민감한 직관력 그리고 탁월한 예지가 왕성하게 활동할 때에만 가능한 일이다.

평범하고 일상적인 사물이 그의 촉수에 걸려들어 특별한 모습으로 새 생명을 얻는 것을 보는 것은 이 시집을 읽는 매우 큰 재미 중의 하나일 것이다.

1)
하늘이 푸른 신념을 지키는 법과
구름이 비를 잉태하는 법을 배우고
여름 속으로 살포시 내려와
포도밭에서 통통한 눈동자로 자라
하늘 영혼의 총명한 후손임에
―〈청포도〉 1연

2)
속세의 군살 다 털어내고
공(功)으로 첩첩 몸을 이루어
영혼의 불길 하늘로 열릴 듯
정갈하고 어진 이,
물욕(物慾) 비우고
밤낮 고상한 의식(儀式)으로 살아
겸손을 돌꽃으로 피우는 이,
이쯤이면 절망들 손끝에 놓아
거뜬히 바람으로 탈색시키고
고뇌의 볼기짝에다 매운 손맛 한 대
벌겋게 자국나도록 주고
나동그라지는 모습에 싱긋이 웃는 이,
―〈탑〉 1~12행

3)
그랬을지도 몰라
전생에 화성의 풀로
우주의 비행을 꿈꾸고 기도하던 끝에
푸른 이념 하나 가지고 수억 년 궤도를 탈출했는데
착지가 바로 외딴 바위섬이었을지

그랬을지도 몰라
우주의 환상적 색깔을 염원하며
수억 년 천연염료의 터널을 통과한 눈물의 종점은
흙도 없이 하늘 깊은 자리, 알몸으로 누워
정갈한 정열로 가슴에 꽃대궁 세울 때
농익은 향기, 섬 섶에 흥건했을 테지

뿌리 낮추고 잎보다 높이
혼신의 우듬지에
펑
펑
꽃으로 쏟아 놓는 우주의 신비는
고고하고 아름다운 사랑의 화신(花神)!
―〈난초〉 1~3연

　1)의 시에서 우리는 특별한 모습의 청포도를 만나게 된다. 그 포도는 우리가 시장에서 사다가 식용으로 사용하는 맛있는 일상적 포도가 아닌, 매우 신령스런 생명을 얻어 다시 태어난 포도임을 알 수 있다. '하늘의 영혼'을 담고 있고 자연현상의 원리를 지니고 있는 범상치 않는 새 생명이 우리를 놀라게 하고 있다.

　2)의 시에서도 우리는 비슷한 경이를 맛볼 수 있다. 탑은 대개가 돌을 다듬어 세우는 것일진대 물론 무생물의 조형물이다. 그러나 이 시 속의 탑은 세속적 '절망'이나 '고뇌'를 초월한 매우 승화된 생명으로 재탄생되고 있다.

　3)의 시에서도 시인의 상상의 눈은 난초의 전생에까지 이르고 있다. 일찍이 옛 선비들과 희롱하던 난초하고는 완전히 다른 모습니다. 비록 '외딴 바위섬'에 뿌리내린 난초라 하더라도 그 내

면의 세계는 우주를 포용하고 있음에랴. 이렇듯 이복자는 사물을 새롭게 태어나게 하는 창조적 작업에서 상당한 결실을 거두고 있다.

한편 〈아흔한 살 어머니와 딸〉 연작시들은 마음을 찡하게 한다.

막내딸이 '아―' 입 벌리면
빙긋 웃으시며 먹을 것 쏙 넣어주시던 어머니가
그렇게 받아먹고 계십니다
나도 어머니처럼 빙긋 웃었습니다.
―〈아흔한 살 어머니와 딸 2〉전문

주어진 목숨을 구석구석 다 살고 이제는 생애의 황혼에 서 있는 어머니를 보면서 딸은 삶 속에 깊이 서려 있는 인간의 원형적 본질을 탐구하고 있다. 태초에서부터 흘러 내려온 생명의 유전인자와 그 통로를 연상케 하는 모녀의 일화가 짧지만 많은 것을 명상케 해 준다.

거기에는 쓸쓸함, 따뜻함, 허전함, 기쁨 등의 온갖 감회가 도사려 있고 사랑의 영속성 영원성 같은 것도 밑바닥에 흐르고 있다. 그리고 이 시편들을 감상할 때 선명한 이미지들을 만날 수 있어서 더욱 좋다. 분명한 그림으로 시각화해 줌으로써 독자들은 용이하게 시인의 정서와 만나게 될 수 있기 때문이다.

어머니를 통해서 바라본 삶의 달관된 모습은 결국 어린이와 같이 순수무구로 돌아가는 것임을 깨닫게 된 시인은 어쩌면 시가 곧 구도의 길임을 알고 있는지도 모른다.